这人间荒芜

KUWEI
酷威文化
图书 影视

顾桥生 著

江苏凤凰文艺出版社
JIANGSU PHOENIX LITERATURE AND
ART PUBLISHING

图书在版编目（CIP）数据

我偏爱这人间荒芜 / 顾桥生著 . — 南京：江苏凤
凰文艺出版社，2024.3
 ISBN 978-7-5594-8441-3

Ⅰ . ①我… Ⅱ . ①顾… Ⅲ . ①诗集 – 中国 – 当代
Ⅳ . ① I227

中国国家版本馆 CIP 数据核字（2024）第 008993 号

我偏爱这人间荒芜

顾桥生 著

责任编辑	项雷达
特约编辑	周子琦　杨晓丹
装帧设计	王媚设计工作室
责任印制	杨　丹
出版发行	江苏凤凰文艺出版社
	南京市中央路 165 号，邮编：210009
网　址	http://www.jswenyi.com
印　刷	天津鑫旭阳印刷有限公司
开　本	775 毫米 ×1120 毫米　1/32
印　张	7.25
字　数	21 千字
版　次	2024 年 3 月第 1 版
印　次	2024 年 3 月第 1 次印刷
书　号	ISBN 978-7-5594-8441-3
定　价	42.00 元

江苏凤凰文艺版图书凡印刷、装订错误，可向出版社调换，联系电话 025-83280257

目录 CONTENTS

辑一

在诗里

又爱了你一遍

共 舞

她当着众人吞下禁果
脱掉衣服，露出肌肤
像雪花一样洁白
每个人都想审判她
只有他想与她共舞

月 亮

我也想做那月亮

捞起所有的风花雪月

喊你今夜上船

别再困于这苦闷的世间

长 风

此后
我化长风渡你崎岖

我要来生

请给我
生命熄灭前的最后一秒钟
我们完整相拥
就像约定好了来生

时辰是流动的海

何必说永远呢

时辰是流动的海

你只是恰好经过的舟

不再看月亮

爱像夜一样干瘪

死在通往月亮的路上

我试着不再看月亮

可我无法拒绝

你眼底那片沉寂的海

结　局

我嘛

不过是一具残破的躯体

兵刃尽失

早早便做了亡国的将

杜鹃啼血于城前

死在冬日的蝉

再也归不来人间

这时你来

投诚交枪

小乖，逃吧

小乖，逃吧
翻过破旧的半扇窗
你要一直向前
要把悲哀和痛苦
留在旧旧的昨天

勇　气

不要丧失你的勇气

那是你击碎苦难的长剑

群山宴我

秋月澄明

群山宴我

我与我的生命共饮此秋

只有我能看到

大多数人赞你漂亮的容颜

赞你明亮一生

少有坎坷和风波

我偏偏只看到你眼底的悲伤

痛你所痛

你是我的月亮

在某个爱意幸存的时刻

我突然渴望

在废墟一样的诗里

找到月亮

第十四行诗

我的爱，浩瀚无比

伫立在十四行诗里

你若迟迟不翻看

我的春天

便沦为无声的短暂一梦

春枝倾倒

就此世界大乱

悲 歌

我将你喻作夏日的远山
喻作黄昏时分的海岸和帆船
喻作波澜盛大的万物
而我只是你生命中
一首寂寂无名的悲歌

诗的形成

字与字之间本不相连

直到遇到某个人

才甘愿成诗

再往深处走

才被著成了书

我要变成一棵树

我要变成一棵树

拥有好多好多茂密的树叶

为你支撑起这滂沱的雨季

是诗救出了我

我走进文字的炼狱

在万千骸骨中

一首新鲜的诗正出炉

所以不是我创作了诗

是诗救出了我

失去今生

她的灵魂苏醒了

不再幻想

不再疲惫

不再依恋沉重的陆地

她要飞到天上去

失去今生

世间苦寒

不过是失去一片落叶而已

告别悲伤

我只允许你埋下一颗悲伤的种子

等春天发芽

我们一起放生悲伤

救　赎

我自喻为晦涩的诗

你说

你是月亮

开 花

我只是一块贫瘠的旧土壤

却有一朵花

是为我而开

梦

我不该给你写信的

你不过

是我一场镜花水月的梦

等

你是否笃定了要做一只知更鸟

等一场凛冽的暴风雪

等一个永不归来的人

两个世界

我们是两个世界
你的世界鲜花盛放
而我这里常年寸草难生

躲

他想躲起来
躲进湿热的雨里
躲进郁郁的丛林
可他最想躲进的
是埋着妈妈的泥土

结　局

那些刀剑最终由她挥出
可悲啊
肉体被覆灭在她的脚下
爱却固若金汤

苦　果

思念在我身体里流淌着

我的心荒凉成

一座无人问津的废墟

借

向黄昏借来落日
向夜晚借来月色
向人间借来诗句
　这场孤独
　才算得上盛大

惊世骇俗诗

奇怪，我的诗里

明明写的是幽窗

是海风

是波涛

是月上柳梢

怎的到最后

它们成了无用的叹词

你倒成了这惊世骇俗的诗

真　相

烧断我

再歌唱我

你把这叫作爱

明　天

月亮起誓

要做黎明的伏笔

星星荡起天空的涟漪

像是写给日出的贺词

且 尽 欢

祝你且尽欢

祝你不惧高山

祝你做琳琅榜眼

胜过无垠长天

吻

吻

是雨夜里疯长的诗行

南 柯 梦

我的爱人

是杯盏

是明灯

是幽幽院深

我不问你的来处

当你是我一场南柯梦

写　信

用落叶写一封寄往春天的书信

写下此时的黄昏

稻田

和秋风

让春天昭告万物

秋，才是四季的华章

错

偏你独占我春

偏我已不在你的湖心

比喻练习

月亮是无垠海
永远盛大明朗
永远自成一方

谁　怕

身处黑暗的人们啊
拿起笔来
请务必与这个世界反着写诗

不 完 美

我的衣衫破损

灵魂残缺

你是我支离破碎的春天

为　何

为什么你的离去

像是一场

无法记录在案的宇宙级灾难

拒　绝

可惜你不肯读我
不然你怎会不知
我身体所有的冷天气
都是你淋给我的大雨

无　妨

苦难予我料峭寒冬

我送苦难一生无妨

亭亭如盖诗

生命是数不尽的荣枯

唯爱是一首亭亭如盖的诗

我

我的荒诞
亦是我的盛大
我的破碎
亦是我的完整

良辰美景

你是我的良辰

不止于春

长　青

爱盘桓于你的眼睛

我的世界再无荒地

生命之湖

今晚

你的眼睛

做了我生命里

最清澈的湖

别　离

愿你在你的朝代里

风姿摇曳

我自有我的今朝月

你 要 等

总有一片湖

能接纳你的眼泪

总有一个人

能爱上你的破碎

瘀　青

我形容你是海岛
是绿意澎湃的山林
是我生命里的瘀青
永驻于我的灵魂

杜鹃啼血

苦难击碎我的身躯

我还以一万只杜鹃啼血

绝　句

生即秋的绝句

不做春的宴词

远　方

仿佛你才是我的远方

远得像湖水

远得像死亡

远得像一个句号

词　语

世界盛大

万物欣然

我们的爱

只是一个单薄的词语

判　词

断句、残章，是我
冷风、骤雨，是我
我是我自己的判词
无须他人为我下笔

假　象

我的文字有诗的样子

内核却是不忍泪花

一 山 秋

她宛如一山秋
成为我的景色
成为我的修辞
成为我的神祇

告　白

我爱你
从青色的湖
到葱郁的山脊

我爱你
从苍白的文字
到纷飞的诗

湖　心

你能否进入我的湖心读我
读我的平静、隐忍和波折
读我千万首的绝句
读我因爱你而起的嶙峋

送 别

我的诗里

唯有一舟

渡她千里

不问归期

辑二

这满山月色，
请尽数赠我

我的春天

你知道我用词从来晦涩

词句都是关于荒野和孤单

后来你走进我的麦田

种下一个春天

我在诗里便又多爱了你一遍

我这一生只会爱一个人

我这一生只会爱一个人

为她修破败的城墙

为她摇旗呐喊

为她奔走天涯

纵我满身泥土

也能在污秽的世界为她开出一朵花

爱　是

爱其实是另一种孤独

有人甘愿自焚

拒绝被点亮

吻 向 你

我要先吻你的眼睛

再吻这个世界

请成为我的诗

亲爱的

我想在你的身上写诗

写你的红肿和易碎

写你双眼湿润

足以淹灭我喉咙里的团团大火

我压抑痛苦

就是为了此刻

杀死世俗派来的追兵

今夜

我要把你变成我的诗

爱　情

你眼里有大片的忧伤
唯有面对爱人时
才有了湖水一样的晶莹

独 爱 你

你说，要看凛冽的山前烟雨
要听呼啸云间的竹枝微响
要观尽世间的清澈和明朗
万物款款而来
而我奏响独爱你的绝唱

大有不同

我们其实出自同一首诗

只不过

你是描绘芙蓉的新词

而我是灰烬里的绝笔

写词还是写你

写词嘛

要恢宏，要伏笔

要饱满，要风起

要滂沱，要涟漪

要今夜的风声

先抵达你

不想一个人看月亮

我要耗尽多少个春宵

才能和你看一回月亮

你是诗，也是意象

你最好是一首诗

这样

花海，岛屿，人间土壤

便都是你写给我的意象

我 爱 你

我爱裂断的江河

爱那个与你共振过的良夜

我的爱人啊

我爱你

就像爱一首晦涩难懂的诗歌

告 白 诗

爱人好像是在写诗

所有告白词

都是写给她的情诗

写诗不如爱你

想写一首诗
用以止住这场漫天的相思
可惜下笔的诗句太过庸常
怎抵过荒诞吻你时的绝句

她是我的诗

她单是站在那里

就是我的诗

可我只能经过她

不能书写她

爱你胜过全世界

我想用我大部分的爱

去缝补你的破碎

而剩下的那一小部分

就陪你溃烂

愈合

长出新肉

然后再与你淋漓相爱

你是我的秘密

不如我们来交换秘密

你交出一颗荒原般忧郁的心

我交出你

爱她千疮百孔

她说
身体的光鲜实在不值一提
要爱
就爱她的千疮百孔
爱她的执拗和空洞
爱她在黑暗中短暂的灵魂闪烁

你便是春天

我想象自己是一片海

独居于一座孤岛

你化身硕大的飞鸟

落于海面

我便窥见了春天的全貌

永远的爱人

你从来不是贫瘠的诗

你是我永远的爱人

你以爱馈赠我

我以诗

以明月

以人间芳华呼唤你

你以爱

馈赠我

我要你长久地爱我

我要你长久地爱我

爱我不灿烂的孤独

爱我微弱的身躯和脉搏

爱我一生的枷锁

和这颗破碎的心

蛮　荒

我爱你时

你是这山间

生长着的任何一株植物

你离开时

才是真正的蛮荒

请允许我成为你的月亮

请允许我成为你的月亮
我的爱人
我不要你惨淡
我要你一生明亮

万物皆栖我笔迹

山水做我笔下惊世的词

一行黛山葳蕤

一行水波涟漪

至此

行尽万物，皆栖我笔迹

难　怪

难怪

春迟迟不肯来

是我把大雪一读再读

圆　满

你在时
月亮圆满着
我也是

想 你

你知道

当我想你时

万物都汇成了同一首诗

请在朦胧的夜里与我相爱

请在朦胧的夜里与我相爱

我扯断枷锁

你春生又生

我们不闻是与非

骤雨难歇

且以我的身躯
做你不弯的月
且以我的生命
爱你骤雨难歇

我爱她碎掉的心房

我爱她碎掉的心房

那是她一生的愁苦和无奈

平　淡

我们没有惊心动魄的爱情

却承载着千斤重量的悲伤

我爱你长久的孤独

我爱与你有关的一切事物

爱月亮

爱诗句

爱清澈的溪流

更爱你长久的孤独

赠

她说这世间
芳香袅袅，月色皎皎
任何一座山
都比我辽阔

神明啊
这满山月色
请尽数赠予她

眸

与你共振的眸
于隆冬
茂盛如春

见　面

下次我们见面

请你务必赶在

月色消散之前

想　象

我爱你时

天空会变成云朵的模样

月亮好似醉在湖泊中央

你的名字

这世上少有圆满的诗

多的是晦涩的文字

和空洞的形容词

只有你的名字

是我想书写的千古绝笔

我爱你的悲伤

我想我爱你

不是爱你的鲜艳和盛大

不是爱你的浪漫和热烈

我爱你

是爱你被悲伤填满的那部分

群山执春

群山执春

枯木返青

散 文 诗

爱你的时光

是一篇描写夏天的散文诗

每一个段落

都是斐然成章的绝笔

湖

我的心里

有一潭没来得及命名的湖

只有你来时

它才能乍泄成一首波光粼粼的诗

琳琅诗篇

众生芸芸

唯你是与我

灵魂共振的琳琅诗篇

三行情诗

我爱你

爱到文字灭绝

你是我写下的最后一行诗

相　思

今晚的月亮
是我写下的诗句
你呀
便是这诗句里的月亮

万 物 生

吻你时
风清月明
万物生花

寒 冷

她呀

像极了夏日的一场大雪

我哪怕是站在火炉前

依然像是披着一身寒

约 会

既见你

何必见青山

何必林中冒险

与你并肩坐在湖边

一颗心汹涌着

可抵这片天

媲　美

向人间借一扇窗
我要看皎皎月色
看一座城的孤寂
看她的眉眼是如何
媲美于落日

献

我执一束玫瑰
只献给我枯萎的灵魂

稍逊你一筹

我允许你成为矮山

成为小溪

或是成为一首缄默的诗

我是稍逊你一筹的暮色

你是任何

我爱你无关你是星河
或是诗篇
我爱你无关你是大雪
或是春天

高　山

我爱你

要先爱你的险峻

再爱你的海拔

她的灵魂像湖泊

她说
她的灵魂像湖泊
风吹过才波光粼粼

迎 战 吧

这一役
我以相思破阵
你敢不敢
用你的眼睛迎战

眼 泪

你看起来波光粼粼
只有我知道
那是你的眼泪
不是你的光辉

爱的流失

或许

我们的爱

是一颗缓慢流失的糖

驻　足

你只一次驻足

我便有了春天的模样

辑三

没有颜色的湖

相　遇

我枝节错落，骨骼松动

而你笃信天命，步履轻盈

天生一副好皮囊

偏偏你撞破我这隆冬般的死局

你只是不经意间低头看我

我这颗千疮百孔的心

便绕过迷雾

看清春天

梦到你了

春是旧春

李子花落

红豆欲燃

你出现在我的梦境里

沉默的山便开始遇难

失守的爱

请先接受

从我身体里倒出来的雪

再以炙热笔端

绘满我失守的词阕

无 题

终究是那爱

最先尸骨无存

而后才是世俗这座大山

你不必怜我

这世上最不缺的

便是被穿心刺骨之人

干　涸

她胸口生长着荆棘
有匕首、沟壑和毒液
时间像江河一样逝去
她的皮肉皱得轻薄
只有我爱她干涸
胜过茂盛

一个旧词语

我
一个搁浅在你书里的旧词语

爱的罪名

撕裂一朵干净的百合花

是没有罪名的

只要我们说

是以爱的名义

一个少数者的宿命

与其说他厌恶的是自己的身体

不如说他厌恶的

是苦难，是沉重的枷锁

他将这称之为宿命

一个少数者的宿命

一个自卑者的宿命

他再也写不出什么了

因为死亡的花

早已经盛开过了

少 年 心

少年心已死

此时澎湃的

应该是青春阵亡时

未燃尽的余温

真 月 色

会不会万物才是影子

你才是那个真月色

遥　远

缘何

她明明与我隔着千水万山

却动我湖波涟涟

瞬　间

那是怎样的一瞬间呢
我明明两手空空
你却一意孤行
要给我玫瑰
给我一汪绿水
给我看见生命的眼睛

爱　情

她崭新、浪漫
足以供养我生命里
草木一般的诗句

我贪心、滚烫
想要把盛大的心动
变成一件来日方长的小事

我们的盛夏

真正杀死春天的
明明是那些
缄默无用的旧光阴
你为何说
是我们的盛夏

复活

我是一座座墓碑串联起来的山
你如荒谬的明火
送来了人类的心跳

万物是你

你有并不美丽的容颜

空泛而嶙峋的灵魂

月色溢出我的诗句

不求圆满

偏要在你身上开一扇窗

我后来知晓

你不是万物，万物是你

大　盗

后来她从我的诗中逃离

偷走月亮

偷走绝句

偷走我整个春天的黄昏

自此

我单薄的青春

便如这低矮荒山一般

甘心被她冒犯

冤　案

她永远是不动声色的旧时歌
所谓高山流水，二十四桥
于她，不过是未经雕琢的修辞语
她一心吞咽苦血
想在风花雪月里跪求一袭白衣
她徒手开辟一个新朝
上面写满了冤案

关山难越

她是劣迹斑斑的蝴蝶
背靠山川
将无尽的春雨
淋在干枯的山脊上
她并非月下无言
只是孤零零的灵魂
始终越不过关山

陛 下

我看向你

像一个落魄的臣民

仰视他的陛下

万物枯萎，山河俱废

唯有你

是我眼中的卿卿绝色

雪 夜

我在大雪纷飞的夜里
爱着一个满身芬芳的人

我爱上你的时候

爱一个人
就要先把自己的心揉碎
再种下荷花和玫瑰
你只一声叹息
我的心便自觉后退

卿卿何时归

她爱我时

尽是花开的春山

不爱我时

尽是荒凉的冬寒

你好像从来没爱过我

你好像从来没爱过我

你只是给我一些短暂的

虚空的情意

就如那月亮

有时离我很近

有时又离我很远

并　轨

今夜

同你并轨

犹如暴雪与火山共吻

诗不成诗

你来时
诗不成诗
你不成你

点 燃 我

我一直都是牺牲品

是车轮

是冷板凳

是可怜又丑陋的悲剧

可你能不能靠近我一点

我要你亲手把我点燃

才算完

群山震荡

想你时

心脏变成湖的模样

每一次跳动

就引发千万次的群山震荡

春枝大乱

你是谁写下的盛大句子

路过你时

我的湖面荡漾

若你回眸

方知春枝大乱

爱不壮观

爱才不壮观

爱甚至不用剑

就能引发一桩血泪冤案

因 你

我的诗

本是荒草

因你，辗转成星辰

那些句子

深夜写给你的句子

你再也没读过

它们无人问津

成为我一个人的秘密

复　活

我的诗中总有海啸发生
潮水打湿了所有的意象
月亮被焊在十字架上
羽翼流失，悲伤欢腾
爱被熄灭，扔进深渊里
只有你
像是突然崛起的神庙
竟能在我的笔下浴血复活

向 前 看

亲爱的小孩

你为何总不肯向前看呢

谁不是踽踽独行于世

孤零零地向山谷而去

耳旁的啸声骤起

便对着某个人开始念念不忘

不 周 山

我对她的爱

犹如末日时分的判决

我将所有爱恋公之于众

等世俗一场审判

可她来了

我便毫不犹豫带她远走不周山

输 给 你

你是俗世的层层涟漪

于是见你

应是月色输你皎洁

春光输你盎然

我输你一生爱意

我无法下笔

爱人应是淌血过河
要穿过泣寒冽冽的江底
再跌进深不见底的山谷
拨开大自然赋予的蓝
找到躲在暗沉处的朦胧绿
直至春天死去
关于她的碑文仍未曾下笔

我不清白

若有一日

你闯入我的眼睛

我便再无任何清白可言

旧 城 池

你在离别时留下的寥寥几笔

如今仍是一座荒废的旧城池

不撑船了

我一身灰尘走来

你莫要劝我撑船

我要溺死在这海里

想要好多好多的爱

我想要正常人一样的爱

正常的睡眠

正常的呼吸

可我这颗心

究竟要先死多少次

才能不被谁淋湿

枯　木

我很难再爱上下一个春天

我只守着我的枯木

一等再等

遇 见 她

遇见她

像是自由孤身殉难

此后许多年

爱都未能直立行走

诗的最后一行

我把你写进诗的最后一行
就好像吞下了此刻的月亮
等不来清澈的明天
我一哭就是一整晚

失　控

做你蓝色的湖

做你潮湿的吻

做你身体里最失控的江河

甘 愿

我伏在荒唐无尽的夜色里

坠在你春色盛开的土地上

我想

我应是甘愿入你牢笼

你

于是我颅内起火

燃起八万字的诗稿

而你单枪匹马

仅一个照面

便掀翻世间春朝

共 生

苦难

不会消散、缓慢，被问斩

只会蔓延、号啕，不间断

直至与我们的生命相连

只有你破碎

你总是乖乖的
连泪珠都是晶莹闪烁
月下起舞，春天放歌
我一直以为
你的生命是完整的
直到那天
你长久地望着月亮
世事圆满
只有你破碎

我们相爱

我们相爱吧

用眼泪交换眼泪

然后越吻越痛

爱被窒息在爱里

你不要怕

把手给我啊

没有颜色的湖

我是没有颜色的湖

你是包容万物的月亮

于是我这一生

所有的潦草喑哑

都抵不过你那句

"活下去"

枯　枝

有的人
生来就是荒山垂暮的枯枝
直至死时
也只会为她一人摇曳

逃出苦难向春山

路 过

我一生都是淤泥
你只是做了我
一时的花

向死而生

我抽空灵魂中有趣的部分

然后穿过死亡去歌颂悲剧

敬此天明

我与生命一同执笔

以盈盈一谭诗

敬此天明

新 君

你分明是过去的王朝

是坏掉的月亮

是前世的玫瑰

可

我是新君

等你开启

最终

我生命里那片无人知晓的湖泊

还得由你来开启

我 写 我

非要落笔皆是高潮？

我既不是一首诗

亦不是谁的高山湖泊

我写我

不论主谓宾

可以反复错

涟漪

你用爱造就了我生命里

所有的涟漪

所以我的孤独

便同爱一样盛大

等 月

或许我是一扇窗

你只是偶然出现的月色

这世上何止一个春天

这世上

最不缺的是春天

缺的是什么呢

是千万朵同时盛开的花儿

是恰好落在她肩头的蝴蝶

是时间可以倒流

她走出我的回忆

我慢慢生出逆鳞

你是从盛唐出逃的月亮

你是从盛唐出逃的月亮
裹挟着千年的风雪而来

我是诗经里沉睡的残章
妄求一场荒凉的眉间雪

断

我该断这满腹情殇
断这幽幽相思
断这无由来的苦果
断这如血一般的过去
可我断然不舍得忘了你

共　振

你要先仿我的字

再读我的诗

然后我们共振同一片落日

永恒的爱

你问我

什么样的雕刻才算是永恒

一定要用炙热的火

烧毁你的城墙

再穿过幽深的无人绝境

看到你的断垣残壁

新　诗

我捧出我的新诗

听你轻声读着

若不是此时雪花落地

我还以为我们活在春天

圣 人

我应该会死于一把不锋利的刀
然后
一把火烧空我的心脏
而你
依然是那个置身事外的圣人

鹤

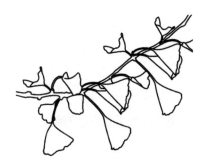

于是

我作白鹤

吻尽你的空枝

霸 王

我若是那霸王

你便是那柄引我自刎的剑

月 亮 诗

我笔下的文字

每一个都完整而热烈

哪怕只有一个字

也是一首月亮诗

最后的玫瑰

这是一场腐烂的梦
请在月亮消逝之前
抓住最后一株玫瑰

生 吞

我是孤独的半截诗
撞上你
是我活该被生吞

不易燃的山

我的心时常夜里起火

烧断八百里连营

可你偏偏不易燃

只爱那一隅冰冷的山

不离笼的鸟

别再苛求世俗之外的青山
倒不如豢养一只不离笼的鸟
多雨时节，教它悲鸣
引山川失色
月亮因此向陆地宣战
湖水开始大面积动荡
草木在这个春日消亡

只有它
生命的纹路在无限延伸

我实在不该在这人间

我实在不该在这人间
请风来吹散我
带我到呼啸的山间
带我到极寒的高原
带我到宇宙的边缘

我的青山

我的一生

须臾不过一瞬

多是南柯一梦的空欢喜

唯有你

是跨不过去的青山

南柯卿卿

偏偏她的眉眼杀人
来去如风
从不在我的身边停留
只借一把破败的油纸伞
便离了江南
我的南柯卿卿
别再来我的梦里失火

唯一音节

你穿过我生命里的湖泊
穿过我身体里的悬崖
穿过我荒芜的文字
穿过世俗
做我唯一刻骨的音节

真 实

是瀑布，是悬崖，是波涛
最后才是活生生的我
我要先给你看我的灾难
再给你看我的壮观

不　怕

越是饥寒交迫的文字

　　就越是汹涌

　　　越是澎湃

　　我越是孤立无援

　　就越是不怕被折断

赠 你

我作料峭寒雪

独梅一枝

以血肉之躯

赠卿冬绝色

我 的 树

你有永不决堤的花园

可我的树早已积雪多年

蓝色岛屿

你的心是人间一座蓝色的岛屿

那里百花荡漾

万物宜居

却唯独禁止我踏入

无　缘

奈何你是好春朝

我只是一段

晦暗不明的旧光阴

我赴青山

把我的身体铸成一把剑

再给我一匹烈马

此后

万物皆是身后碎石

我赴青山

见　面

雪夜，火炉，枯枝，旧诗集
你来时
就像山间绝句
决堤于我的眼睛

难奏春歌

负雪枯枝

难奏春歌

荒　谬

我只是悲伤地站着

就诞生了暮色、风雪和诗歌

我的生命

既是墓地，也是新生

题 词

诗人的笔

只题自由的词

剑

我不该只是一段文字

我应该成为高山

成为疾风

成为暴雨

成为一把

因苦难锻造而成的剑

望　断

望断绝句

你是我一个人的唐朝

生　命

我爱我生命的沟壑
　　胜过月明
我爱我生命的贫瘠
　　胜过亨亨

祝　词

祝你逃出苦难向春山

所有的潮湿和荆棘

都是通往明天的铺垫

因你而青

动我眸底春意

予我一生青青

低 水 洼

我说苦难啊

我从来不是意气风发的少年

且视我为某一处的低水洼

别让我做这世间的高山

我便不再落雪了

你说你喜欢春天

我便不再落雪了

月 亮 啊

月亮啊

你从来不属于某一个朝代

你属于每一个仰望你的人

无　惧

她说

哪怕荒芜

哪怕被遗落

大风仍吹不皱她的春天

因你而干涸

我身体里的这片湖

主要由你组成

却也因你而干涸

我把我写给你看

我把我写给你看
你不要只看构成我的词语
你要看我这颗舞动的灵魂

哪怕我只是一些文字草稿
也能为你跳动成诗行

允　许

允许风暴，允许眼泪
允许干涸，允许黑夜
允许我破碎，允许我哭泣
允许我写下属于自己的史诗

灾 难

你的每一次哭泣

都是我身体里的一次狂风海啸

而我的心是帆船

再 见

这是我们的最后一个黄昏

最后一场雨

最后一处相思

最后一句诗